17 Wachen von Magog Stürmten auf den Spiegel zu (Schreienden Schubkarre & Kreuz-Ass)

Ein Roman, der überall durchsickert und entkommt

© 2024 Miguel S. Ruiz
Édition : BoD - Books on Demand, info@bod.fr
Impression : BoD - Books on Demand, In de
Tarpen 42, Norderstedt (Allemagne)
Impression à la demande
ISBN : 978-2-3225-2236-1
Dépôt légal : juin 2024

Miguel S. Ruiz

17 Wachen von Magog Stürmten auf den Spiegel zu (Schreienden Schubkarre & Kreuz-Ass)

An alle im besonderen –
und niemandem im allgemeinen
(außer Da. Ad.)

Meine Aufmerksamkeit war auf die mehr oder weniger unvollständigen Sätze gerichtet, die inmitten der Einsamkeit, beim Herannahen des Schlafes (*), werden für den Geist wahrnehmbar, ohne dass es möglich ist, eine Bestimmung für sie zu entdecken
früher. Diese Sätze, bemerkenswert bildhaft und von vollkommen korrekter Syntax, waren mir als poetische Elemente erschienen erstklassig.

(André Breton, "Les Pas perdus")

(*) Was den autor betrifft... wenn er aufwacht.

KAPITEL I

Der verfluchte Bogen muss auf dem Bauch an einem moralischen Fenster ausgestreckt werden

Wölfe, die frieren, sind beschämend einsam. Und was ist mit dem Geistlichen und dem Cousin mit dem wurmstichigen Schienbein, dem in der Tabakbar, in der Andy Warhol betet... Als Frau Z. ihre Kristallkugel betrachtete, sah sie, wie ich mit Serge Lamas Dalai flirtete. Seine starbesetzten Ehefrauen, die von jeder Manie überrascht sind, stiegen dann in ihre Koffer – und in die Kutsche Madame Simone du Bavoir ! Natürlich hat letztere gesündigt, angesichts des Stücks Yak, das sie am Kinn hat !!... Nase minus: Tequila Sunrise para everyone ! Aber ja, es ist wahr, es ist wahr, all die rosa Flamingos, die die Socken im Hafen von Amsterdam schmücken, werden wahrscheinlich die haarigen Möwen verscheuchen... Aber *hey*, sie werden immer Uniformen den Lieutenant Commanders vorziehen. Fazit: Das Internet empfiehlt mir, sie zu brechen... Und ich spreche jetzt mit meiner Schwester und Robert Le Vigan (aber nein, nicht mit Delphine !). In der Zwischenzeit nannte der Mathelehrer mit dem gutausse- henden, undankbaren Gesicht Nestor Burma einen fetten Schwein. Könnte es nicht daran liegen, dass Otto Klemperer und Ringo Starr das kleine nackte Gecko-Weibchen angeklagt ha- ben ?...

Nacht in der Bal Musette: Sandrine Kiberlain streichelt nervös ein genervtes Glas, das sich mit den Füßen im Piercing- Teppich verfangen hat. Bei Odin, Thor und Allah, das ist das Werk eines kleinfüßigen Fakir ! Die Schäferin, ein sauberer Feigling auf (und unter) ihm und mit Spaß im Kampf gegen die Hydra der beruhigenden Versicherer, spannte ein ziemlich kränkliches Maultier an (nach dem Verb... und auf einer hässlichen Trittleiter !). Sie ließ einen der Teilnehmer des Konklaves dekretieren, dass sie besser auf dem Ponton der Seelen spielen sollten... Gut geschickt, Marlene ! Auf jeden Fall wird sich unser wankelmütiger Verlobter vor der Heirat unweigerlich mit dreizehn Elton Jones und Brian John Doppelgängern vollstopfen müssen – aber schlanker. Dann, wenn er endlich tut, was er will, kann er dann vom Katalog der Route schwärmen... Und teleportiere vor aller Augen vier Teenager Mädchen von der Porte de Clignancourt (aber sine die, die vom *le joli* Malik-Markt zurückgeschickt wurden).

Kurz gesagt, in naher Zukunft, als wir denken, werden Menschen mit wenig Geld vernünftigen Regen trinken... Vor allem Mireille & Daniel Darc (die sich übrigens oft an Bord des Orient-Express treffen). Große Fans des kommenden Sommers, aber ein wenig traurig über fünf USB-Kabel, die hier und da verstreut sind, hier kommen die Nudeln des untreuen Rappers (derselbe, der sie offen für uns zerbricht)... Von Herbst bis Frühling sch-neiden den sie Hecken mit der

Großmutter seiner Frau – der alten Frau, die in der Halbzeit einiger Bass Soli Schals strickte. In einigen abgelegenen Gebieten hatten wir jedoch Alexander I. "Weder Gott noch Meister" zugerufen. Wie erwartet und weil die drei auf unsere Fingerknöchel tätowierten Punkte den Wölfen befahlen, sich nie wieder zu trennen (es sei denn, sie trafen auf drei Bussarde, die für ihre sieben Fehler verantwortlich waren), begannen Joseph Joanovici und Schwester Smile, die nichts kommen sahen, zu tasten – angesichts des Wagenhebers, der gerade erfahren hatte, dass er nicht der Vater von allem war.

Jesus C. – als Symbol seiner Güte und Inkompetenz – gab ihnen bedingungslose Unterstützung.

Die heiße Luft aus dem Süden verlässt die Polizeistation, um die vergebliche Kaution zu bezahlen – diejenige, die die gesamte Spitze eines idiot bretonischen Leuchtturms liefern muss... Und wir sind uns jetzt sicher: Es ist das Ende dieser Welt ohne Dogmen, die wir angestrebt haben ! Hier ist die Geschichte: Gestern wurde ein betrunkener Panchen Lama in seiner einfachsten Zahnspange gesehen, neunzehn Kühe, die Eier (ganz in der Nähe) auf eine zerbrochene Packung Cristaline legten... Ja, das Gesäß ist hartnäckig, Mrs. Nathalie St-Cricq. Und todos los Balkany denken nicht weniger ! Patrick Topaloff schlug Ben Hur an den Pfosten, "mit den Fingern in der Nase", prahlt er... Folgen: Robert Doisneau und Nicéphore Niepce nutzen dies aus, um Johnny Rotten zu umarmen – der es nicht auf die leichte Schulter nimmt. Und eine mitleidige Louise de Vilmorin überschüttet (ja, ja) den anonymen Alkoholiker (nein !) mit Küsschen, um alle seine russischen Kredite zurückzuzahlen. Dieselben Anleihen, die alle mit einem entschlossenen Schritt auf ein Friedrich ''Federico'' Nietzsche artiges Loufiat zumar-

schieren (sein aufblasbarer Sch-
nurrbart und seine falsche martia-
lische Miene täuschen niemanden
mehr).

"*Por supuesto*, genau wie ein
netter Navajo-Gastronom, kann
sich leicht am Pulver der Flucht
bedienen, das unter den Hauben
einer Sänfte steckt !", antwortet
unsere philopathische Speisekarte
(sprich: dünn). Nun, wir müssen
sehen... Der andere fuhr fort:
"Wenn du nur wüsstest, Stanislas,
wie müde ich mich manchmal
fühle, ein bisschen wie ein
Landschaftsgärtner, der sich
erschöpft fühlt... Jeden Abend die
verminderten Septakkorde der
falschen Könige von Polen zu

hören – ganz zu schweigen von all den anderen Schluckaufen, die ich Ihnen verzeihe. Zum Beispiel ein von Mark D. S. Blumenkohl aufgewärmtes Solo – aber nicht nur ! »… Wenn man dann noch weiß, dass Sidonie ein Auto fährt, das ihre Hüften schließt, ihre blaue Quitte den verängstigten Mond auf und ab schnüffelt... Und dass im weißen Paradies jede feuerfeste Ente einen verführerischen Schweinsschwanz trägt !! "Und warum ist das so ?", klagt ihrerseits die Pythia des Elysée. Also unser Präsident – *in petto* : "Aber weil Mr. Van de Graaffs lila Generator nachts reist – und noch dazu mit einige ex-Mutters dieses Riesen Peter Hammill !!"

Ein guter Seemann, dem es an Ideen mangelte, machte Aufhebens um fünf moldawische Wanderer. Zentimeter für Zentimeter nagte er an seiner Haut (tot infolge von Knochenschäden). Und das alles, um ihnen in fünfzehn Jahren einen alten Hasen anbieten zu können, dem es nicht mehr gemacht ist... Dann, plötzlich, als das neue Tier ein Dienstmädchen mit ihrer Seife ankommen sah, spuckte es aus und rülpste dann laut. Was soll man sagen, sie hatte nie anders können, als auf dem Rollfeld der Existenz zu landen... Simone Veil

– anstatt einen Anwalt zu konsultieren – füllte dann Jeanne d'Arc und Romain in Flaschen ab. All dies, weil sie (Simone oder Jeanne ?) mit Christophe Alévêque JFKKK praktizierte und... Simone Weil – dieselbe, die ihn immer in den Schatten gestellt hatte !

Der Fahrer mit Flöhen knuddelt Clark Gable in der Hoffnung, im Lotto zu gewinnen – er ist ein nützlicher Idiot, der danach strebt, die Rumba der zärtlichen Liebe zu tanzen. Dreitausend Polizisten – Herren, die der undefinierbaren Farbe eigentümlich sind – verriegeln sie mit Paninis, schäbigen Würmern und

Schuhen mit Quasten (zu aufwendig, um ehrlich zu sein). Sie sind die ersten in der Reihe, die zu einem Scrogneugneu Alain Finkielkraut durchsickern. In der Zwischenzeit hat Djemila unseren Post ins Jenseits fliegen lassen – was den ursprünglichen Fehler wieder gutmachen könnte. Und die meisten, die durch den Spiegel gegangen sind, werden Ihnen das sagen – werden sagen ??? – : Von nun an müssen Sie Tonnen von Kraftpapier scannen (ja, die Sorte, die Sie schwarz schleifen lässt). Aber zum Glück wird es noch einige neue radikal *solutions/fantômes* geben – in braunen Hemden...

Auf diese Weise werden wir danach – unter den Linden – immer in der Lage sein, das Leben weiter zu begreifen, alle zusammen... So ist es nun einmal – das ist der Preis, den man zahlen muss.

Der Überschuss an Lorbeer im Steak eignet sich hervorragend, um die Köche von Le Bourget zu überzeugen. Denn indem wir diese unglücklichen Menschen wie Warzen behandeln, wird es uns bald gelingen, zu beweisen, dass Großvater und seine Umschläge nicht die Ursache für die sexuell übertragbaren Krankheiten sind, die meine Seraphim überwältigen. Gut gemacht für ihn, denn er lebt nur von der Plünderung. Zur gleichen Zeit hat Marguerite (Victor?... Nein, es gibt zwei "t's" !!!!!!!!!!!) versuchte, Olivia Ruiz für den persönlichen *Consumérisme* des berüchtigten ruppigen Matrosen zu entführen. Die einzige Perspektive ist die gleiche übliche Routine, das heißt: eine puristische Orange, die das triumphierende Nilpferd schlägt (derjenige, der die Unendlichkeit trinkt, anstatt einen Psychiater zu konsultieren)... Kurz gesagt, es ist ein bisschen schade für Liebhaber von Slade und Caesar-Salat.

Kiki de Montparnasse und Bibi-la-Purée fehlt alles, sie schmeicheln rhythmischen Käfern so gut es geht... Ist es an der Zeit, einen grünen Tweed-Pullover anzusiehen ? Nun, wenn das der Fall ist, melde ich mich gerne bei 1(*uno*), Petits-Pères platz !!! Wie immer und für immer wird dann der vorletzte der Mohikaner – so sauber wie die nördlichen Stadtteile von Marseille – durch ein hypothetisches Sieb rufen. Und da er absolut nichts zur Untersuchung beigetragen hat, lud ihn der Meister des Grand-Paris Projekts ein, auf allen Kanälen der Bolloré Gruppe zu diskutieren... Nun, das ist immer eine Selbstverständlichkeit. Beim Duschen hat Coco Suaudeaus FC

Nantes immer das Pik-Ass dabei. Die beiden würden gerne eine Nacht mit Sophie und dem Pantomime Marceau verbringen... Und mit Marion C., dem anonymen Perlhuhn, das ständig wütend ist ! Die zögerliche Fledermaus, die einen Regenschirm liebte, entschied sich schließlich für die besagte Marion – eine ex-Tänzerin à la Marius Petipa – und für dreizehn Geschichten, die zu nichts führen (nicht einmal dazu, über den Weizen der Trunkenheit zu schreien). Hören Sie ihr jetzt zu, Sie können sehen, dass sie den Gin ihres tollpatschigen kleinen Mädchens noch nie gebügelt oder getrunken hat ! Letzterer, ganz allein in einem Raum, hatte einmal eine verschwommene Gestalt halb Mensch, halb Teufel erblickt – Paul auf Skiern ? Cabu(t) ?? – die ihm 1) schnell befohlen hatte, vor allen die auf einem klagenden (...) Teppich verstreuten Kuchenkrümel auszustellen, und 2) hatte ihn mit goldenen und drohenden Worten angeschrien : "Zum Revoââââârrr".

An Bord seiner Vélib' liebte Saint-Ex', von dem mittellosen blauen Sandinisten maniküert zu werden... Ihr Zimmer wurde jedoch nicht gereinigt ! Und obendrein wurde er knapp über dem Mindestlohn bezahlt... Seien wir also ernst: Fernsehen kann jetzt nur nur noch noch in der Wiederholung gesehen werden, im Vel' d'Hiv' oder anderswo. Später, vielleicht an(nie) einem abscheulichen Morgen voller Nagelscher, wird sie kommen, um ihre Abreise anzukündigen. Und dann, da ich das Meer noch nie gesehen habe und meine Mutter eine kabylische Buchhalterin ist, die dem Gesetz der Nieren unterworfen ist, wird Ihre schlimmste Freundin (Justine L.) Sie endlich auf die Weide mitnehmen können. (Nun, glauben Sie es ?)

KAPITEL II

Beißende Ironie an einem Fischschwarm (Und außerdem sah Ulrike Meinhof überhaupt nicht wie Conrad Veidt oder Michel Fugain !)

Die glückseligen Trissotins in der Rue de Penthièvre, düstere Buchhalter, die von Gonorrhoe zurückgehalten werden, entpuppen sich als die Triebe zum Verbrechen ihrer Entlassungen – ja, ja... Also implizite Zustimmung zu zwei stummen Nasenlöchern (und ihrer Agonie) oder rosa Gestapo Wolken ? Auf jeden Fall hatten wir es mit einer konkreten Fata Morgana zu tun. Lassen Sie mich erklären: Muriel und ihr Moujik haben in ihrem eigenen gefrorenen Ofen alles auf die Unterröcke der gefügigen Braut gesteckt... Ihre Ironie lief Gefahr, von den Boulevards durchzudringen – ganz zu schweigen von der wunderschönen Grenadine ! Auf einer Kerze niedergeworfen, winkten der Psychiater und seine Freunde zweideutig mit Teekanne und Karren. *Porqueeeeeee* ? Denn die Orthodoxie der Leere kämpft darum, das Messer der Giraffen zu ersetzen... Und die Zärtlichkeit der Wildschweine ! Ist das klar ?!

Eine gelbliche Forelle, die sich auf den Knien abkühlte, fragte sich, wie lange sie durchhalten konnte, bevor ihre Krankheit sie überwältigte. Gentil Jean Nohain – aus einem Zahnstocher geschnitzt – brachte ihm dreißig Heilmittel, die auf Betonlava und Unbescheidenheit basierten. Sie schluckte sie bereitwillig, aber es war eine schlechte Sache für sie: Es war Karl Marx' *Entensuppe*. "Nette kleine lila Eidechse, aber gewöhnlich, kannst du mir den Weg in die Wüste zeigen ?", hörten wir in der Ferne... Nun, stellen Sie sich vor, dass ich seitdem den Anblick des Lenkrads und des gepolsterten Kunstleders, das mir dieses anbot, nackt genossen habe. Und meine Reaktion war eindeutig: "Du wirst mich von nun an an meinem hochmütigen Blick erkennen, Sohn des Rasiermessers !"

Oft reicht Marion Cotillard mit messerklingendem Aussehen den letzten Mohikaner an den Karcher weiter. Aus persönlicher Bequemlichkeit sicherlich, aber zweifellos auch für einen spezifischeren Zweck. Sigismund Freud hatte, um Emily Jungs Leute festzunageln, sich angewöhnt, einen sehr saftigen roten Bären aus dem Hut zu ziehen. Es muss gesagt werden, dass Jeffrey Lee Pierce in der Nähe von Jeffrey Lee Pierce immer dafür plädiert hatte, den Catenaccio zu spielen ! Von da an begann der betreffende Gläubige, als er merkte, dass er sein gesamtes Paket ausgeschöpft hatte, zu bereuen, ein Brevier bei Amazon gekauft zu haben (es war das eines Priesters, der in Abwesenheit entlassen wurde). Aber am Ende ist es uns egal: Wenn wir intim sind, zwanzig-tausend Meilen unter den Müttern, wird der Index der Riesen endlich das Angeln nach neuen Wünschen starten ! Und achtzehn Giraffen, die vollständig gegangen sind – zum Beispiel die von Jacques Mesrine – werden sich dann unweigerlich (?) dem Idioten des klebrigen Dorfes auf dem Olympiad N°1 anschließen (Anmerkung: Dies gilt sowohl für das besagte Dorf als auch für den oben genannten Idioten). Stanley Kubrick und Germain Nouveau werden dann einen Boulevard-Virus in den Griff bekommen, der von ziemlich kommerziellen Dingen bedrängt wird – sicherlich freundlich, aber blutüberströmt. Und Miou-Miou (auf den zinnen-bewehrten Wällen von Warschau) wird einem in Mehl gewälzten Unglücksvogel folgen. Fazit: Sie hat das große Glück, im Marais (Pontins) zu leben.

Ja, Monarchen, die aus dem Nichts aufgetaucht sind, ich habe den verdorbenen Affen ermordet. Und das alles, um zum Video-Gag überzugehen, ein Ritual zu verfassen und ein paar klapprige Inuit zu beschuldigen… Fehlin-formation ! Henri (& Olivier) Poupon, sie quietschten und beschwerten sich, wie immer, dass sie nirgendwo hinkamen... "Arme *sweet* Idioten, macht euch klassisch sapajous, und ihr werdet euren Durchschnitt im Abitur bekommen !" (Das ist es, heißt es). Währenddessen war der Wahnsinn des Meuterers am

Schwarzen Meer – unterstützt durch den *stupid* Schlächter von Albacete – unter den Fingerhüten noch deutlich sichtbar. Infolgedessen werden die Korridore meiner Seele nichts zum Glück der Austern beitragen. Und da die Trouvères des CAC 40 die analogen Kreisläufe eines unbarmherzigen Schicksals genießen, werde ich den ganzen Nebel der Prothese trinken, die in den Rang eines historischen Denkmals erhoben wurde. Dann müssen wir natürlich erwarten, dass Natalie Portman schnell reagiert und – ohne jede Anmaßung – Gilles Deleuze mit einem Go(u)dot-Bi vergleicht. Der arme

Kürbis und Marc Machin werden dann versuchen, den Yves Saint-Laurent River zu verschließen... Dann müssen wir nur noch noch schreien: "Nein, nein, bitte, es passiert schon wieder !!"

Die hyperaktiven Oswaldo und Roberto Piazza behandeln Woody Woodpecker und den ehrlichen Ron Wood wie Hunde. Die Familie der Baskervilles begnügt sich damit, die mutwilligen Harley Davidsons der Grafschaft in Flaschen abzufüllen. Hier sind Männer (besonders Oswaldo), die nur einmal in ihrem Leben ernst gewesen waren und die jetzt, in ihrem Karma beruhigt, entzückt zu sein schienen, die Stufen zu erklimmen, die zum Himmelslosen führten ! Artemis, die spürte, wie die Schokolade (...) schmolz, klammerte sich fest an einen albernen Pilz, weich auf dem Knie und hässlich wie eine Laus. Macht dich ihr trauriges Schicksal immer noch neidisch ? Es liegt an Ihnen, es zu sehen, aber die Tatsache bleibt, dass ein Priester von Ca(o)mpagne, der auch seinen Meatus in die Brennnesseln geworfen hatte, uns alle – mich eingeschlossen – in wahnsinniger Wut verließ. Umso mehr, als uns eines am Heiligen Christophorus aufgefallen war – der Sänger und Journalist D. Bevilacqua, ex-Barbier von *pretty*

Sevilla... Berauscht von Rum hatte er sich einen verkehrt herum gebügelten Windsurfer geschnappt – der sich als der der gequälten Frau seines besten 54 Freundes herausstellte ! Um das Ganze abzurunden, hatte Michelangelo begonnen, auf einen Apfel zu klettern – in den Armen derselben Kirsche von der Mama Group (Béa Tékielski). Und da war es, ohne zu zögern: wütend, die Kirsche, ein Maultier, der Apfel und ein Delfin, der vorbeikam, beschlossen dann, ein Paar (!) zu bilden, um – alle zusammen – an den Riemen eines der siebenundzwanzig Kompressoren zu ziehen, die zur Rettung eilten... All dies fand vor langer Zeit in Guadalajara statt (Februar oder März 1937 ? – nun, es liegt an Ihnen, das zu überprüfen).

Mein guter Nachbar ? Seine autoritäre Geliebte hat ihn in einen Olivenkoch verwandelt, mit einem Schlag gegen den Wachturm "Tradition" (der für 1 Euro 25). Also protestiere ich noch einmal... Obwohl... Ich weiß sehr gut, dass es nie einfach ist, das Grünewald vom Schwarz zu unterscheiden, besonders wenn sie alle auf den Knien liegen ! Trotzdem ist es bestätigt: Ein moderner Blaubart sucht eine möblierte Wohnung mit Blick auf einen Scharlatan der schlimmsten

Sorte, *por ejemplo* den Puppen-
spieler meiner Frau. Und wenn er
eine findet, werden wir unheilbar
und für (z)immer in schlecht ab-
geschraubte Marionetten verwandelt... Also nein, keine Geheimnisse mehr darüber, wer die
Fäden zieht und die Melonen
verwaltet ! Dadurch ist alles wieder klar : Berühmte Couturiers
voller Selbstbeherrschung werden
auftauchen. Und unweigerlich
hinterlässt das Schlafen mit
Pinocchio nicht nur überall
Sägemehl: Das Himmelbett wird
sich auch als zu hart und sehr
unangenehm herausstellen ! Von
da an, lieber Jacques, brauchst du
dich nur noch von den Dingen

abzulenken – diesen Ideen, die fast alle nichts anderes sind als Trupps hungriger Karfunkel.

Sobald du genäht bist, stell dir eine Welt ohne Götter, Ikonen und Kaninchen aus Ys vor... Dann werden Sie sicherlich die Wärmflasche voller Kirschkerne sehen, diejenige, die die leer laufende Geschichtenmaschine zum Bestseller machte. Sobald mein Schiff auf einem Trauben-kern gelandet ist – vor einigen hunderttausend Jahren – werde ich einen Stuhl heiraten; und para siempre Sid Vicious und Jean Lecanuet werden die besten Freunde der Welt sein... Also, ihr alle, die Robertos Benigni mit dem Armband, ihr könnt sehen, dass dieses Leben in der Nähe von Issoudun schön sein kann ! Natürlich wird man einwenden, dass der träge Regen in Windeln überall "*Charmant* lol (Tolhurst)" geschrieben hat... Aber von da an kochte Woody Guthrie und nippte allein an achtzehn *lost* Cognacs... Wegen – dank – dir vielleicht ?!?

Um die Vögel zum Lachen zu bringen, schnauben Himbeeren im Roger Moore Stil gegen die hübsche Angelina 'Mutti' Merkel (diejenige, die sich bemüht, die Fragen zu beantworten, die niemand stellt). Die köstlichen neun Fantasien der Vergangenheit verblüffen uns oft mit Schlagsätzen, werden sie sich endlich entscheiden, zu einem der Nachbarn im Obergeschoss zu gehen, zum Beispiel zu dem, der sich vertikutiert (oder geopfert hat ?). In seiner Freizeit ein wortgewandter Mann, schickte Kapitän Cap – solange sein Gefährte seine Praktika bei Pôle emploi beendet hatte – dann eine Botschaft an die heilige Kuh, dieselbe, die amorph die sieben Plagen Ägyptens beäugte (puh !). Die Rede ist natürlich von Jonathann – DEM Jonathann, der es auf sein Herz schwor und der all jenen, die der vorbeiziehenden Stechfliege heimisch blieben, schöne Werke schenkte. Derselbe

Jon. Dav. der, um auf eigenen Beinen zu stehen und in der Hoffnung, im Lotto zu gewinnen, eines Tages zugab, ein paar verschwenderische *lost* Ballerinas benutzt zu(lu) haben... « Jetzt brauchen Sie nicht mehr heimlich zu weinen ! » rief die Volksweisheit von Gray-la-Ville. Die Schauspielerin mit den Löchern in ihren Taschen holte dann eine exquisite Scheune aus ihrem Hut und vergrößerte Ihren Schatten. Hüten Sie sich oder freuen Sie sich, Tatsache ist, dass es auf der Straße in einem Winkel passiert ist.

Madame la fée, hier kommt mir dieser wiederkehrende Traum(a) wieder in den Sinn, der mich aber immer schmutzig macht: Eine behaarte Nouredine Morano zuckt mit dem Gesäß... Und wenn sie geköpft wird, lachen ehemalige Sträflinge über sie ! (Es muss gesagt werden, dass ich, ein einfacher Fensterputzer, sie und ihr Bruder nie ertragen konnte...) Aber *waiiiiit*, das Schlimmste ist, dass ich nachher, wenn ich aufwache, Augen auf sie mache ! Beide !! Im Teppich gefangen, quetscht das wankelmütige Holz Jack Lang, der in einen Sack Reis gewickelt nach Essen schreit... Ein Sack Reis, der später auf dem Rücken des alten Beau (Christine Ockrents Schurkenliebhaber) ge-

funden wird. Währenddessen er-
schießen der träge Herrscher und
der groteske Gasherd fünfzehn
Judith Therpauve (mit seinem
Blick) und nur einen Francisco
Ferrer (echt) – und entschlüsseln
so das außerirdische Perlhuhn
von Montjuïc. Was Mathieu
Valbuenas kleines S. U. Fahrrad
betrifft, so kann nur es das
Zahnfleisch eines Aserbaidscha-
ners Wladimir Jankéléwitsch
verspotten ; während ein rumä-
nischstämmiger Fahrer in seinen
Volkswagen steigt und einen
erbarmungslosen Kampf mit dem
Frieden beginnt. Schließlich
werden wir in all dieser schönen
kleinen Welt einen unsicheren

Pio Marmaï erkennen, ein Klein-kind, das sicherlich kafkaesk ist – aber auch sehr freundlich (das ist das Traurigste !). Und von da an fällt das Urteil hart: « Armer, überflüssiger Köter, du kannst nichts mehr dagegen tun, außer... Sich dem 4-4-2 eines purpurnen Gottes zu fügen ! »

KAPITEL III

Junge alte Männer und alte Kinder (Reinigungsmittel der Seele)

An einem schönen Saturnmorgen hatte ich mich selbst vergessen – und fand mich dann mit diesem hübschen Einhorn wieder, das gekommen war, um mich in der Runde vom Kragen zu stoßen... Es zeigt nur, dass man nicht ohne großes Risiko eine Packung Weihwasser beschuldigt ! Während ich die schönsten *sixty* Tangos der Welt tanzte, hatte ich es auch geschafft, meinen Mann für einen Moment zu scannen. Dieser Mann, der auf den ersten Blick sympathisch wirkte, glaubten Sie wirklich, dass er sich um die Buchhaltung kümmern würde ?... Nein, und Sie wurden gewarnt: Einige sind nicht mehr gezwungen, ins Exil zu gehen – auf der Jagd nach Indigo-Reverses. Auf jeden Fall hat der kleinste der Meister des Grand Orient inzwischen zusätzliche Informationen einge-laden (die nichts Neues mehr bringen). Es ist immer die gleiche Geschichte – seit Adam, Eve und der Ankunft der PlayStation... Und vor allem freut sich jetzt niemand mehr darauf, dass

Margot ihr Mieder aushängt !
Denn die verrottete Gebrauchsan-
weisung reichte eine Klage gegen
Gustave Flaubert ein, unter ande-
rem wegen nächtlicher Störung
(aber nicht nur) – und dies, um
seine Flugangst zu überwinden.

Aber kehren wir schnell zu der
violetten Henne zurück, die vom
Haus Guerlain ausgewählt wurde,
um den singenden Papa Schlumpf
zu verkörpern (der aus dem
andalusischen Dorf, das in der
Sierra verloren gegangen ist).
Aber es stellt sich heraus, dass sie
wütend auf mich ist... Was soll's,
bedeutet es Ihnen auch nichts ?!?
Rocambole, ganz murrend, wird
unweigerlich rebellieren, immer

wieder – wegen eines bizarren Möbelstücks. Was Jimmy betrifft, so wird er, getrieben vom Dämon der Sophisterei, das Bedürfnis verspüren, ein perfekter Trickster zu sein (in jeder Hinsicht und in jedem Sinne der Möglichkeit). So mühsam die Aufgabe auch sein mag, sie werden innovativ sein und es wagen, Werke zu schaffen, die uns alle beeindrucken werden – die Lerche, die wir mitnehmen, und das Postbotenpferd eingeschlossen.

Unrealistisch durchsichtig lockt eine zitternde Bulldogge den Profiler, der das Ziel nie verfehlt. Plötzlich tauscht er sein bestes Hemd – das er jeden Sonntag beim Träumen trug – gegen Flitterwochen ein (sicherlich großartig, aber immer noch ein wenig daneben). Unter einer Glocke platziert, gießt der abstruse Hund von "La Grange" – ZZ Top ist sein Vater – kochendes Öl auf die dynamische Unendlichkeit. Mein Gott, wie schön ! Gerade als er dachte, dass ihnen keine Hoffnung mehr gegeben werden würde, sandte ein vergessener Sänger eine Erklärung des feurigen Hasses an diesen außergewöhnlichen Sonnenuntergang, der unsere Herzen jeden Abend mit Bitterkeit erfüllte. Seitdem gehen wir singend die Straße entlang, eine rote fahne in der Tasche, weil es so viel schöner ist.

Währenddessen hat ein mongolischer Heizungsbauer die Liebe an die Wand gestellt, ohne dass jemand eingreifen konnte. Sein Doppelgänger verwandelt einen merowingischen Werbespot für V.G. Destin – ja, den, den man immer noch in der Luxor-Bar treffen kann ! Ohne besondere Motivation entdeckte ein Exekutivsekretär von (de) Mittwoch bis Freitag – versteckt im Schutz eines Wäldchens – dreihundertzwanzig Liter Rotwein. Um zu vergessen, dass seine Frau mit ihrem besten Feind durchgebrannt ist, wedelt sie mit ihren kleinen Pfoten in alle Richtungen. Tatsächlich versucht dieser ehemalige Wirtschaft-sprüfer – sicherlich betrügerisch, aber auch attraktiv mit einem Mobiltelefon – den Spiegelsaal zu beeindrucken. Außerdem vatiert er überall in meiner Lieblings-serie und, ja, zeigt sein ganzes Wissen... Nun, deshalb werde ich nachts auf seinen gegrillten Marshmallows herumtrampeln – um besser zu philosophieren und vor allem dahinzuschmelzen !

Gott, ein polymorpher Archi-tekt, der mit Sahne auf Grund läuft, hat einen Kilt angezogen. Die einsamen ökologischen Trau-ernden mauern weiter ihre 4X4, während Alain Planen... Und das alles wegen des Hundes des Nachbarn : Ousmane ! Und deshalb nippt Marcel Campion unbewusst an einer Orangeade und prügelt die Tochter des Chefs in den Schnee... All dies, um seine Angst vor der schönen Auswandererin aus Cádiz zu überwinden ! Frida, die atomare Blondine, schwärmt von Marisol Touraine, einem wunderschönen Tier, das an einem Abend im Mai 1976 (in Glasgow) vom Vert Galant ermordet wurde. Jean Cocteau – eine Grille aus dem feigen Elternhaus, die jeder empfiehlt, schamlos zu essen – hatte einst die Idee, ins Exil nach

Kanada zu gehen, was Fifi letztendlich nicht tat. Überall dort hätten sie jedoch melancholische, schweigsame Träumer werden und jeden Morgen ein paar horizontale Hüte aufsetzen können. Mit Unverschämtheit.

An einem Sommersonntag im Herbst bereitete die Natur – in all ihren Zuständen – ihren Eintopf zu. « Ich brauche andere Schuhe als diese halb freistehenden Sandalen... » "Oh ja, und warum nicht auch den ansteckenden Wahnsinn des schicken Bürgers ?!, heraufbeschwören", erwiderte die mürrische Vorsehung – (nichts zu sagen, das war gut zu sehen !)... In der Folge ließen sich Pythagoras und seine beiden Reblochons – die Unendlichkeit und die Nase im Lenker – das Verbrechersyndikat auf die Brust pfropfen. Ein guter Punkt für Hongkong und Meister Eckart, der über den Schatten seines triumphierenden Hasen wacht. Seine Giraffe streift mit einem leicht taufrischen Querhund umher. Auf seinen High Heels sitzend – das ist immer dasselbe, wenn man die Natur als das nimmt, was sie nicht ist – singt der schlanke Physiklehrer La Traviata, während er energisch die dicken Damokles schüttelt... Versuchen Sie also, etwas dagegen zu tun ! Am Ende: spasmophil, aber immer für die Gaudriole zu haben, hat der Kartäuser von Parma die gelbe Sau in seiner Haut (diejenige, die von Johannes Gutenberg, dem ersten Start-up der Geschichte, geleert wurde).

Indem ich auf all diese undankbaren Mütter warte, jammere ich jetzt nur noch ohne Überzeugung. Und unweigerlich wird Samuel Beckett seine Blähungen – theatralisches Cassoulet – immer noch zurückhalten, nur um sie viel später zu rationalisieren... In der Nähe eines geknebelten Bestatters, der in deine Zehen verknallt ist. Infolgedessen wird C. Darwin heimlich eine Eistüte mit zwei sehr sarkastischen Kugeln (wie Rum-Teer-Geschmack) neu starten...

Endlich allein, beschloss die große Brustwarze, das detaillierte Essen des entzückenden Ali (derjenige, der lügt) zu verschlingen. Dann, krank wie ein Hund, gelang es ihm mit Mühe, den Inspektor mit dem Brecheisenauge anzublasen. Und auf dem RAM der Asche (dem auf dem Leichenlaufwerk). Als Beweis: die Sandalen in Manosque, die Titansocken und dieser Dialog: "Josépha, wenn die Leute mit mir über die Tramuntana sprechen, zücke ich meinen Revolver... Dreimal bestanden Sie Ihre Lizenz, die Prüfer waren vielleicht nicht müde, alle Zwerge niesen zu hören ?!... Kurz gesagt, Ihre Haltung ist entsetzlich und inakzeptabel ; und alles, was Sie tun müssen, ist, die S.P.A. von Bern anzurufen: dort sind einige Mormonen kein bisschen gealtert"... Nun, wie ich Ihnen immer gesagt habe, ist Jules Grévys Leben lustig ! Er kann nur in zwei Teile gebeugt schlafen, wie ein Hundefresser... Vielleicht sollte er jajajaja von einem Mitarbeiter adoptiert werden, einem ehemaligen Ehrenmann auf dem Friedhof von Passy. Wer weiß ?

Erbärmlich und gewalttätig dein durchsichtiges aristokratisches

Lächeln !! Und deine horizontbla-
uen Augen, nicht schön anzuse-
hen... Er klagt feige die Grand
Meaulnes und seine Hosenträger
an. Und Michel Denisot setzt die
des Ungeheuers von Loch Ness
wieder zusammen, das durch den
Karcher gegangen ist ; im TGV
tanzen sie beide – die beiden
Michels – vertikal. In der Vergangenheit hatte sich ein mythisches
Tier, das für den Nationalismus
begabt war, darauf vorbereitet,
den Atlantik zu überqueren – ein
Gewässer, das kürzlich von einem
Zirkus geborgen wurde. Die
Mandoline kopierte dann einen
prätentiösen Dudelsack... Und
schließlich: Ein großer gelöschter

drei Feuerwehrmann betäubte den Terrakotta-Bruder aus Xi'an. Zur gleichen Zeit bereiteten sich ein-tausendzweihundert L. Wauquiez, charismatisch und stilvoll wie nur möglich, darauf vor, den dicken Jäger (derjenige, der nicht mehr atmen kann) anzugreifen, also... Also, also, ich verstehe keinen Tropfen ! Aber nachdem wir das gesagt haben, Ibrahim S., und schließlich sollten wir keine klein Angst haben: Am Ende werden sie sich alle geschlagen geben, wenn Aline, die Aktivistin, auf-taucht – diejenige, die nach ihm (Laurent) schreit, dass Er (Lau-rent) an die Sommer-universitä-ten zurückkehrt. CQFD.

Als – *soudain* – "Der aufgeblasene Gasherd hat einen unbequemen Martin Heidegger gepackt !!" – "Keine Schande, auch wenn sich meine Frau schämen würde, Lieferfahrerin in einem Joe Dassin *cancion* zu werden !" … Ja, Emile Jacotey, diese unglaublich fantasievolle Dame des Hauses tanzt gerne und provoziert die vier Mäuse, die in ihren Whisky gefallen sind. Dann rief Le Castor de Beauvoir empört sie alle zur Ordnung, durch das Gesetz vom 14. (29 ?) Juli 1881. Das Risiko, das es zu laufen gilt, ist daher diese Kettenreaktion: Die Vorhaut vor Ihnen und ein großer Teil der

Bevölkerung hängt träge und ist stolz darauf, die Treppe zu viert auf einmal hinaufsteigen zu können (ohne jemals die Anleitung gelesen zu haben). Und am Ende des Tages wird eine erstickende Luft dieses düstere Finale ankündigen : endlich, endlich, endlich, endlich die Spiele, die beginnen !

KAPITEL IV

*Seit es auf Ramatuelle
Zwerge regnet, wache ich
in meinen Träumen auf
(60 60 842)*

Nackt wie ein Wurm unter seinem Perfecto ist Frank N. Furter der Meinung, dass nichts über ein wenig Marmelade auf den Brautkleidern von Gaston d'Orléans geht. Scherzhaft wird er am Ende Claude 'Böse' Guéant beschuldigen – der arme Kerl ist mitten in der Selbstbefragung und hat nicht mehr viel Gesundheit (naja, schlange, sozusagen)... Das Lapplandkaninchen stößt einen kleinen Vulkan ins Leere und gießt dann tränengefüllten Saft hinein – und seine neuesten Nike-Sneaker. Mach dir keine Sorgen, schöne Reiterin mit einer stumpfen Seele, die Mutter der Fische konfekte sie oft mit Krawatten und zwei anderen Kuchenheberhalsbändern... Am Ende wird sie von ihren wedelnden Schwänzen begeistert sein – fröhliche Anhängsel, durch die Mantillen und Erwiderungen eingeladen werden. Und der Mann, der die erstaunliche Fähigkeit hatte, sich selbst zu duplizieren, wird sich eines Tages in den Tiefen der Wüste wiederfinden und am Rande des Ertrinkens stehen. Nachdem er zweiundzwanzig Musikstücke geboren hat, wird er von einem einfachen Blumentopf begeistert sein. Gérard Majax & Edouard Philip(p)e, nach drei Reisen in die Raumzeit, suhlen sich dort wieder – immer und immer wieder. Genießerisch ?

Der Leeder unserer Esel fällt bei einem Sandwich von den gleichnamigen Inseln in Ohnmacht. Dann, noch tiefer von vorne (Ispiece), stürzt er auf die RN52... Ein jämmerliches Schicksal – aber was für ein köstliches Gemetzel ! Und damit verschluckt Sokrates, um über die Runden zu kommen, einen Punk und trotzt damit dem Gesetz von Rodin, Moebius und Gauguin... Mein Gott Michel, es ist Camille Claudel, die sich wieder wieder beschweren wird ! Und doch, verblüfft von einer perfekten Kopie ihrer Porträts des Abbé Sieyès, sucht eine Auktionatorin immer noch nach sich selbst vor dem Mann in Serbien, der über alles lacht. Deshalb verlange ich einen Wodka und Franz Marcs kleines blaues Pferd, aus dieser Wasserflasche von Carla B. (Wir sind sicherlich mutig, aber nicht leichtsinnig...) Etwas weiter wird eine goldene Familie vor Wut gepfropft, und ein leicht suppiger Ivan 'Hurra' Lendl wirft einen nostalgischen Blick auf die Bearded Four, die alle bis in die Neunziger gekleidet sind (außer Fred Mella und Omar Scie). Was den Vater betrifft, der seinen Wein noch nicht fertig eingeschenkt hat, so wird es angebracht sein, dass er auf dem Rückweg zwei alte Pferde besteigt und mit großer Akribie sieben Grimoires mit vergilbten Seiten verpackt. Und schließlich musst du dich auch noch in Gefahr begeben, Liebling !

Maria Theresa Urdillo (?-1778) und G. Bernanos brachen alle zarten Phallusse. Ich muss Ihnen sagen, dass eine Hülsenfrucht aus dem Persischen Golf in einem einfachen Eva-Outfit an ihrer Seite stand. Aber Tequila ohne Google – sabbernder und von Wolken verdeckter Klebstoff – hatte auch einen verführerischen alle Tonton Macoute gefügig gemacht... Es ist wieder *mister* Luc Vauvenargues' Schuld: Wie üblich arbeitet er hart daran, Brett, Laurent und Anne Sinclair zu bestechen ! Die Gelbwesten Freddy Krieger und Robby Krueger hingegen stellen sich schamlos zur Schau – unterstützt von einer goldbehelmten, aber halbwegs (!?!) bemerkenswerten Simone Signoret-Kaminker. Was

Käpt'tain Iglu betrifft, so kommt er uns in seiner Chapka immer ein wenig albern vor. Es muss gesagt werden, dass ihn die Geschichten von Succubi zu allen Zeiten erschaudern ließen – ohne jemals einen einzigen fetten Revolutionär (?!?!?!?) durch ihn hindurchgehen zu lassen !! *Al dente* vergrößern sie dennoch weiterhin gewisse kommunarische Pflöcke, die der Feiglinge, die zum neun Kommunitarismus übergegangen sind (zum beispiel B. R. Rigault oder Adolphe Thiers, aber nicht Eugène Pottier oder C. Delescluze).

Die große Parade seelenloser Aufregung trifft auf das Pferd, das den Mond anzündet (in Bath, Surrey). Das Ergebnis : Rhythmische Kakerlaken und eine Spieluhr kritisieren die Nonnen von Liverpool heftig – was auch immer ihr beschämender (ooohh) Manager denkt. Plötzlich nahm Josiane Balasko nachts Banjo-Unterricht. Dann begann der dünne weiße Herzog – in Wirklichkeit David Jones, der vor Lachen starb – auf einen Spinoza zu schießen, der außer Kontrolle geraten war, weil er am Ende seiner Kräfte war (seine Geschichte mit Heraklit war gerade zu Ende gegangen). Es war zu erwarten, aber trotzdem... Wie auch immer, ein Frosch, der sich auf seinem Lieblingsjack räkelte, schnaubte energisch und versprühte eine vorbeifahrende Waffen-XY. Sie zählte auf ihre Herde, aber leider konnten wir in der Ferne bereits ein romantisches *tête-à-tête* sehen – eines von denen, in denen ein kleiner Riese unfreiwillig zum Helden geworden war (ein Held, der alles verdankt).

Die alte gelbe Trikotweste des Radfahrers mit dem schielenden Blick zerstreut meinen schönen pummeligen Weihnachtsbaum in alle Winde. Was die Portugiesen betrifft, so fühlen sie sich schuldig, da(da) der hundertste Jahrestag der harte eroberung von

Badajoz näher rückt, und sie essen immer weniger. Und wegen all dieser hübschen Strohdächer reicht Julian Cope eine Klage gegen Martin Hirsch (und Kanonikus Kir) ein. Inzwischen wissen wir jedoch, dass er von der Spitze seines Mikrositzes aus herumstolziert – nackt, im Polyrhythmus... Aber Vorsicht, Epilog: Dieses antike Juwel, das Romane B. so sehr gefiel, lag in Wirklichkeit auf einem Bett aus Aquin-Kugeln, einen Eisblock zwischen ihren Beinen und auf ihrem Kopf. Er verdrehte in seinen verdrehten Augen einen Dichter, der in einen nervösen Stern verliebt ist... Und so das abschließende Fazit: Dies ist in der Tat eine Hommage an alle Wiederkäuer, die uns töten wollen !

Bobby Ewing bläht seine Brust auf und bombardiert die Wand, ätherisch unter seinem Bomber. Aber täuschen Sie sich nicht: er ist eifersüchtig auf den sanften Gorilla, der den Gadget Inspektor vor Vergnügen schreien lässt. In der Savanne war ein Elefant mit lächerlich kleinen Ohren für einen Tag aufgebrochen, in der Hoffnung, meine Club Sandwiches und einen sterilen Aal nachzuholen. Und kontrollieren sogar – über Gewürze – die Mater Dolorosa des Lockdowns, nämlich : Karine Lacombe, Ian Curtis, Pierre & Gilles (aus Genua), Ivan Rioufol, Jimmy Page-Dean... und Marion Maréchal-Nous-Voilà.

Abgesehen davon stellt jedes Elend und/oder jede (wohl) aufgenommene Idee einen Nebenfluss oder einen Zusammenfluss meiner großartigen Flusslogik dar... "Und warum ist das so ??" Nun, denn solange die Schönheit der Suppe anhält, wimmelt es bei einer Kröte von binären Elementen ! Und dass der Sicarius, der Zigarren kaufen gegangen war, nicht zurückgekehrt war (die Aussicht auf eine weitere neue Weltordnung, wer weiß ?). Es muss gesagt werden, dass er außerhalb seines Hauses eine schuldige Beziehung zu G. Gallimard und seinen Fender Telecastern hatte (kürzlich hatte er ihnen alle Augenbrauen rasiert)... Nun, glauben Sie mir, Sie alle armen Keith Richards auf die Gerade ?!?

Marcel Proust und Tito Puente, schwitzend wie in russischen Romanen, haben sich eine Wohnung mit einer Art rassisti-schem Schnauzenkakochym ge-teilt... Endlich ! Ohne nachzuden-ken und ohne die Anweisungen zu konsultieren, versetzten Iggy Pop und James N. Osterberg die Maus in eine gedolchte Weise: Sie erbrach siebzehn morbide

Groucho Marx (Harpo und Chico waren für diese Zeit ausgefallen). Außerdem trieft es in der Rue Amédée Cousin Nr. 3bis vor Sprungkoombiles, die dem Himmel und der tödlichen *vinasse* entflohen sind. Und so klagen seitdem Herbststaub (*yes...*) und animistisches Vokabular, wenn sie an das astrale Vertugadine denken. Und es ist sehr traurig ! Übrigens: Wer die Freuden des bewegungslosen Reisens kennt, spart sich eine Menge Kosten, indem er darüber sabbert, in Gedanken und von der Insel bis zur Landenge... Oder: Lassen Sie sie mit aller Kraft zwei Bresse-Hühner heben, wenn möglich mit

Hilfe eines honigsüßen Geronimo und seiner Erinnerungen. Ach ja, es sollte auch erwähnt werden, dass mein Onkel, bekannt als der weiße Wolf des afghanischen Kardinals, nicht anders kann, als Isabelle Balkany und Kim Basinger ein Makeover zu verpassen... Und sogar Ihr Nachwuchs wird kommen !

Die 138 tugendhaften Pushahs werden im Macumba ausgestellt. Was für eine Verschwendung ! Denn schon lange vorher, ob komatös oder nicht, hätten sie die tausendjährige Geschichte von Tonkin mit seidigen Äpfeln unterrichten können. Wie dem auch sei, falsche Ferngläser, die noch an Märchen glauben, legen dort ihr schönstes Gewand an... Sie warten auf sechs kleine Schornsteinfeger, die – Vorsicht ! – nicht sterben wollen, bevor sie die schädlichen Düfte der SNCF erlebt haben. Etwas weiter, in der Nähe von Cambridge, hat Lucifer Sam eine Wohnung mit Syd-der-Verrückte geteilt, und der Regen taucht aus dem Nichts auf und verschlingt Saint-Thomas (mit Abscheu). Und warum ist das so ? Nun nun, weil "diese Republik moâââââ ist – und nicht er, auch nicht alle anderen !" (Für den Anfang Copyright von J.-L. M.)

Auf Eddie Cochrans Schal gefährdet ein schleimiger Hummer (und seine präzisen Gesten) meine Zukunft und beschmutzt meine Chakren für alle, alle Ewigkeit... Versuchen Sie vor allem nicht, Schnee unter den blauen Blinklichtern zu lecken, es wird Sie zum Lächeln bringen und zum Nachdenken anregen ! Denn ja, ich gebe es zu: Ich habe oft mit Jacques Doriot und Johan Neeskens getäuscht. Zu meiner Verteidigung – hm, wenn ich das so sagen darf... – war die erste in Wirklichkeit nur die Volage eines Straßenarbeiters, der Bündel von Kreaturen zur Welt brachte, die der germanopratischen Rinderras- se fremd waren... Und das war es, was uns allen zum Verhängnis wurde – hier, anderswo und auf der *Fête à Neu-Neu...* Weil Herr Zeus von Rocancourt es hervorragend gemacht hat : bevor er rückwärts sein Bad nahm, hatte er mit Laetitia C. Castafiore, der Intellektuellenmörderin, und vielen alten Pflügen darüber gesprochen. Und so trotzdem : Wie um alles in der Welt soll man erwarten, dass die schönen bysantinischen Asteroiden des bunten Planeten so leicht entkommen – nach einem soooooooooo existenziellen Gichtanfall ?!?

KAPITEL V

Turlousien und Töpfe des Leids, von Morgengrauen bis Morgengrauen

"Die apokalyptischen Gurus bei Ikea sollten mit *little* Syndromen übersät sein... Lasst sie also zurückkehren, um ihren BEPC in der Stadt am See zu machen, diese Minou Drouets des Klimas ! - "Ok, ich brauche sie nicht mehr, wir werden immer Katakomben der Weisheit an der Mautstelle St-Arnoult finden… "Daraufhin erstattete die hübsche gemischtrassige Mafioso (Anna, die schlimmste der Piranhas) Anzeige gegen den krummen Fremden vom Nordexpress – wegen nächtlicher Störung. Armes Ding, es war nur Michel Houellebecq bei der Bal Musette... Also trampte ein dickbäuchiger Garcimore Mr. Hulot, seine langen Zähne flirteten mit dem orangefarbenen Großwesir (derjenige, der – über Reblaus und Mehltau – leiden-schaftlich seine Galle auf der Eis-scholle verteilte). Während er von einer weniger welttraumbasierten Existenz träumte, verlor General Yagüe (erinnern Sie sich an Badajoz ?) seine Hose und fand sich in einem Zustand extremer Schwerelosigkeit wieder, der über den Stücken schwebte. Auf der Gran Via erschien dann die Schneekönigin – sie war noch am selben Morgen geboren worden und küsste bereits leidenschaftlich ein betrunkenes (aber) totes Auto. Letztere hatte bereits die acht Hauptlinien ihres Projekts skizziert und war verblüfft, als sie sah, dass ihre Schriften auf einen Schlag zum Scheitern verurteilt waren. Man muss sagen, dass sie schon lange über "Die Mississippi-Meerjungfrau" nachgedacht hatte... "Das reicht, um eine Trilogie auf einem Sprungbrett zu absolvieren – mit dem schüchternen Nachbarn oben !", denkt sie sich.

Glücklicherweise lösen in der Halbzeitpause ein mürrischer Touch-Key und sein entsalztes Lasso die gelösten Probleme (ja, das ist es oder nichts !) … "Alle bayerischen Lederhosen klettern auf einen Hund !", ruft der pickelige Teenager dem Botschafter von Japan zu (wir müssen sagen, dass wir zwischen zwei Stationen stecken). Unser alter Mann, der darauf achtete, nicht die niederen Instinkte des Pflegeheimleiters zu wecken, verschüttete seinen Teller mit Bolognese-Kuchen (über die Schimpftirade von CanalPlus Abonnenten). Schützen wir also das Schöne an ihm – aber auch die

Aggressivität, mit der sich seine Litone ausdrückt. In der Zwisch-enzeit wurde dem langweiligen rosa Ohr sieben Becken aufgep-fropft ; und seitdem hat sie sich mit (und gegen) siebenunddreißig ängstliche Montesquieus die Zähne ausgebissen. Metatheorien, die nicht immer sehr inspiriert sind, bleiben also da, gekleidet wie Pik-Asse ; weil ihre Katzen – die sich selbst vergast haben – nie wieder zu ihnen zurückkehren werden... Sie waren von blassem Blau, wie der Himmel Afrikas – ja, der des guten Heiligen Eloi, der alles für die Schule des Verbrechens erfand.

Jetzt, da ein beeindruckender (aber ein bisschen kuchenartiger) Kleiderständer die Angewohnheit hat, sein Brot bei Lenin & McCarthy zu verkaufen, rollt sich Ludwig XIV, der Pickel, gegen den Wächter des Halbschlafs zusammen. Ein Hund aus dem Roten Meer läuft auf Josiane Balasko spazieren. Dann, anstatt einen guten Psychiater zu konsulieren – Sibeth Ndiaye der Gerissene zum Beispiel – sie komponieren zusammen einen Song über einen synthetischen Schläger. Nach Ansicht der halbseitigen Schildkröten der lesbischen (Anarchisten) sind Islamisten und Anhänger der Foire du Trône nicht Macron-kompatibel. Meine Lieblings bücher finden es daher schwierig, sich der Autorität zu unterwerfen, indem sie die schwachen Kandidaten des Euro-vision Song Contest und 4 die Inkompetenz ihrer 6 Frauen an-prangern. Kurz gesagt, all dies, um zu sagen, dass die Bilanz von Carbone und Spirito nicht so schlecht ist – vor allem in der PACA Region (aber nicht nur)... Und so: eine weitere Niederlage für E. Saccomano und seine literarischen Ansprüche !

Die Dozenten – die selbst viel über die Kurven und Wendungen lernen müssen, die zum Alcázar führen – sollten verstehen, dass ihre Einstellung den Drang hervorruft, mit den Füßen zu denken. Müssen sie Narren sein, diese Schurken der fünften Kolonne ! Darüber hinaus knüpft ein Gespenst mit Amöben, unterstützt von dem Vampir, dem Nussknacker, schwache Verbindungen zur Unterpräfektur Pas-de-Calais... Und all dies führt zum Gewürzmarkt – dreitausend Liter Glück, was einem starken Aussehen entspricht ! Danach isst ein Tankwart am Ende seiner Rechte die Compagnons de la Chanson. Und – unerwartete Katastrophe !!! "Jack Nicholson und sein libidinöser Schmetterling werden, ohne dass sie es wissen, zu Komplizen in allem... Sie wurden gewarnt.

Magenreflux und Profitgeist finden sich im kleinlichen Lächeln des grünen Technikers. All dies, damit Muscheln und mit Zellophan ummantelte Flügeldecken lustvolle Ergüsse nachahmen – unter den Augen eines wankelmütigen Händlers. Die fünfzig Frauen, die am wichtigsten sind, nutzen (nein !) ihre Kaffeepause für Klatsch und Tratsch, während sündige unabhängige Republikaner die Kuh streicheln, die miaut... Und das alles wieder wegen des herrlichen Schraubendrehers und der wenigen Apericubes mit exotischem

Geschmack... Wie konnte ein dystopischer Computer mitten am St. Patrick's Day (17. März) auf der Tapete liegen ?!? Dann, schwarz vor Schweiß, die nackten Kinder auf das Stroh legen ?!... Nun, schließlich und am Ende: Warum nicht ?

Ein Hotelier – auf allen Vieren auf dem Zahnfleisch – brach Perus Schwung, trotz eines der Porzellanservices der Königin. Und die ganze Zeit über quietschte der göttliche blaue Freibeu-(beu)ter unter dem Sitz süße Gesänge (ja, es stimmt, nur wenn der Hahn nicht im rechten Winkel stand, aber immerhin !!!!). Die geizige, aber verwöhnte Louise S.

Bourgoin biss sich an einem Punk voller Tränen die Zähne aus. Dann, so weit das Auge reichte, verschlang es den Torhüter – alles, um wieder einzuschlafen, und das entscheidende Alter schlank. Um die Langeweile zu vertreiben, trank ein depressiver Milliardär das Meer im Haus eines Freundes, der ihm sehr am Herzen lag (es war Léonie). Paul Ricoeur hatte ihm nach einem schweren Anfall von Urämie geschrieben: "Träumst du von elektrischen Schafen – und von ihren Augen, die es nicht wagen, sich selbst zu erklären ?"

Die acht bitteren Früchte des Sommers haben sich im Moskitonetz verfangen... Und da ich nicht als Frau geboren wurde, ist es gut, dass ich eine geworden bin – indem ich mich betrinke und deine Überschüsse fülle. Von nun an werden die Qualle und der Pavian des Buchhändlers für die Unschuld des Bäckers verantwortlich sein. Und mit Ausnahme der Geheimnisse des Westens werden den Flüssen, einschließlich der Flüsse, besondere Ängste vorbehalten sein. So werden die Durruti Brüder mit ihrem Friseur tanzen, unterstützt von Gewerkschaften aller Couleur. Aber es war eine Falle: In der Cité Universitaire wurde der älteste von ihnen einem tödlichen

Feuerstoß ausgesetzt (wer weiß woher).

Obwohl Alain Souchon mehr als glücklich ist, kann er in seinem Gemälde die blassen Chroniken von Merleau-Ponty nicht sehen... Der Concierge in Flip-Flops ist daher durch den Schatten seines warmen roten Kaninchens geschlüpft. Das (le) Stirnband und die Krabbe prägen ihre Logik in extremis, am Fuße des vierzehn Berges Tabor. Dann, schamlos, die beiden plus der psychedelische Fischhändler die Farbe meiner Kinder. Stolze Schläger mit leeren Blicken boten dann die hässliche, schimmernde Sau zum Verkauf an, die für ihre

Abstammung reserviert war. Dann wollen sie die Hoffnung nicht verlieren und schließen sich in der Blase von Diam's ein. Ja, ja, die des Avignon Festes, des Gegenpapstes und seines violetten (wenn auch verfluchten) Sterns.

Ein linker Kolibri zweifelte an seiner jüngsten Entdeckung und schaltete eine Anzeige, um einige Expertenmeinungen zu erhalten. Also steckte der smaragdgrüne Tuareg seinen Pitbull in eine Gemüseschublade und improvisierte Bücher so groß wie Mufflons... Aber am Ende war er nicht sehr entgegenkommend und behauptete, dass man auf Mitsubishi zurückgreifen müsse – und vor allem auf Mitterrand, den König der Könige. Denn die halb bemerkenswerte Unendlichkeit verkündet es: In den Brombeer-sträuchern gehen mein Onkel und Jacques 'D.J.' Higelin in ihren Arbeitskleidern aus, mit einer Uhr daran. 40 Jahrhunderte schauen auf uns, schmutzige Vipern des Departements ! Der Dachs von nebenan wird mit dem madagas-sischen Dienstmädchen die irdenen Gläser essen... Und so stellt sich die Frage: Werden sie an der Spitze der Großen Pyramide endlich die 2 Würste wählen, auf die unsere acht Großeltern ein Auge geworfen haben ? Und auf der anderen Seite hat es keinen Sinn, die Jugend und ihre sieben Warzenlügen zu ignorieren, die so sympathisch sind... Ganz zu schweigen von der Tatsache, dass depressive Schamanen und sture Schamanen sich oft zur Verwirrung eignen. Daher wieder DIE Frage: Mord oder neue Religion ?

Drei Kapitäne, die durch Lothringen fuhren, entdeckten mit Erstaunen, auf einem Bett aus Brennnesseln liegend, die ebenholzschwarzen Trommeln des 23 schlagenden Herzens. Sie lehnten dann dreizehn kleine Breviere à la Aimé Césaire ab: ein höfliches und pseudologisches Tam-Tam,

das zu lange gemieden wurde
(weil es nicht wünschenswert
genug war). Was die vier Tontons
Flingueurs betrifft, so nahmen
sie, wie es die Tradition vorsch-
reibt, den saftigen Idioten (und
legten ihre Hände darauf) ; und
jetzt tanzen sie mit Jolly Jumper.
Ein paar fette LOLz und MDRz
fliegen dann: heute das Pferd und
morgen die hohe See – den
azurblauen Rotz, den Sabber der
Ewigkeit und das Kalb, das die
Luft getrunken hat, erkennen wir
deutlich an den Konturen ihrer
Röcke ! (?) Zu guter Letzt halten
sechs alte 78er, die von der Flut
betrogen wurden – von Stro-
heim, der hübsche Clown (in)

Chocolat und Arthuuur Schopen-
hauer – weiterhin eine stürmische
Beziehung zurück... Ja, richtig:
mit dem schrecklichen Lumi-
nous Treasurer (??) – dem in der
düster Calle Camacua (Montevi-
deo, Uruguay) !

KAPITEL VI

Die Verrottungsbewegung
des Schnees von morgen

« Schreckliche Verbindung von Blut und Apfelkuchen unter den Kissen des Windes ! » schrie der ketzerische Gauleiter. « Gewiß, gewiß, aber sollten wir auch die Geheimdienstschmerzen in der Nähe der Krawatte posten ? » dachte ich bei mir. "Ja, ich gebe zu, dass ich ein wenig eingenickt bin, aber jetzt, wirst du endlich alles wieder in diese Spur bringen !? Leider war ich in der Tat sündig gegangen – aber wenn

man genug Unterscheidungsver-
mögen hat, sollten die Pflüge
wieder schlecht riechen... Ich
liebte so sehr diejenigen, die
einen Bandwurm und vier
Salamis zur Welt gebracht
hatten"... Dies war die letzte
Antwort des Kandidaten, der auf
der Stelle gestellt wurde. Der sehr
kleine Schuster, der tanzen gehen
wollte, borgte sich dann die
Hintergedanken des Schmerzes.
Und während er versuchte, sie zu
öffnen, befahl ihm ein reizender
Undine mit hochmütigem Blick,
der seinem Bus nachlief, alles zu
bügeln und seine Tabletts gut zu
reinigen. Schade für ihn, denn
schließlich: Hat er wirklich

geglaubt, dass er überleben würde ??

Im Land der ausgestopften Tie-
re sind die Bonbons leise und laut
zugleich: Sie greifen sine die a
Bruno Carette an, die alle Tränen
seines Horns weint. Daneben
untersucht ein gutaussehender
alter Mann in Känguru-Slips den
Schmerz der Zeit und lässt sich
dann gegen den Leguan, den
bewegten Sand und seine
Liebhaber impfen. Als es jedoch
kalt in meinem Leben war, hatte
es ein Moskitonetz auf dem
Rückweg gewagt, meine Schwie-
germutter in kurzen Hosen
anzuhalten. Wozu ? Weil sie zu
wenig Beine hatte und entschos-

sen war, für vierzig (40 ?) weitere Amtszeit zu kandidieren. Damit entließ ein teutonischer Boxer, der in... dieser fünften Runde ausgeknockt worden war, seinen Posten als General Manager – um etwas mehr Zeit zu haben, Lily Rose Depp zu beobachten (sie klingt übrigens ein bisschen "bionisch", oder ?). Jetzt gestikulieren sie in alle Richtungen, in der letzten der teuren U-Bahnen... Kurz gesagt, mein Rat wäre: Kommen Sie schnell (und je früher, desto besser).

Angela Davis ist allergisch gegen Gluten und eilt zu Gertrude Stein. Sein Problem ist, dass ein pickeliger Teenager, HSBC-

Kunde und Putschist in seiner Freizeit, der Familie Mandryka (Nikita ist sein Flaggschiff) alle Nutella-Gläser stehlen will. Ein berüchtigter Emporkömmling, der es gewohnt war, die Häuser anderer Leute aufzuräumen, blieb ein seniler Seemann, der gegen den Strom segelte, dennoch dort, unfähig, sein 223 Unrecht einzugestehen. Und danach fing er an, die Horse Guards zu ärgern, die bereits unter dem Veitstanz litten... Zu stark !

Aber trotzdem ärgerlich, weil es in einem Szenario, das nach Wahrheit schreit, nach Leder und Afrika riecht. Und da ich meinen CO_2-Fußabdruck nicht annehmen kann 14... Kurz, und folglich verlange ich einige Ablässe und die Mauern, die den Prinzen aus dem Hause geworfen haben. Übrigens, warum wurde das so gemacht ?? – könnte denken, dass der abscheuliche Fußgänger... Nun, weil Gott im ganzen hohen Norden – in spärlich bekleideten Kleidern oder im Rauchen – nach heißem Sand riecht !!

Ein Klassenbester hatte sich der ganzen Welt bekannt gemacht, indem er den sprudelnden Teil von sich selbst erfunden hatte... Leider hatte er nicht vorhergesehen, dass all diese Hässlichkeiten von dem Anfänger des Dreiers ignoriert wurden – demjenigen, der sich mit Jakob, dem entzückten Rebben der Krippe, verheddert hatte. "Wir müssen das Waschbecken der ruppigen Mutter reinigen", erklärt Mutter Dolto (F.) Felipe Pétain. "Damit die Sternschnuppe auf die Baumkrone klettert und einen spielerischen Ritt im Wald beginnt..." Und einfach nur um vor dem Ende dieser Zusammen- arbeit tief durchzuatmen ! Sie wird am Ende auch zugeben... Sie müssen sich also entscheiden: Es werden entweder neunzig Rake- ten in Machecoul oder Razibus Zouzou auf den 1267, Champs- Aiguisés sein. Oder schlimmsten- falls : die Zärtlichkeit der Wehrmacht auf dieser Wäscheleine... Was auf jeden Fall immer von der Königin der Annäherung begleitet wurde.

Gros-Dada(ismus) jetzt ist tot. Deshalb peitscht Prof. Choron die grauen Kühe und das tiefe Murmeltier – diejenigen, die gerne mit dem Asthmaorgan besorgter Cuckolds schlafen. Geradezu suppig greift Anthony Delon auch Audrey Tautou an, die selbst von einem Drecksack der schlimmsten Sorte verfolgt wird : Es ist Stanley Kubrick, der mitten in existenziellen Fragen versinkt. Denn wenn man seine literarischen Metaphern aus bestimmten Alltagsleben bezieht, muss man damit rechnen, dass die Stunden um einundzwanzig Musiker erhöht werden. Dabei ist es in Wirklichkeit – nach eingehender Untersuchung – nur La Mainte-non voller Asse, der sieben Teller des Ekels raubt, die nach hinten gefallen sind. So laufen einige Anhänger der transzendentalen Meditation – wir wussten nie warum – gerne in Skandalen herum. Leicht bekleidet beißen diese einfachen und eng verbundenen Menschen in die Rentierköniginnen des feinen Weihnachtsmanns, in den Regio-nen, die alles und nichts ausma-chen... Äh Äh Äh Äh, sagten Sie

"Ahnenriten" ?!? Sie können sich nicht irren.

Eine (*un* !!) Gruppe rassistischer chinesischer Touristen – unglückliche Ratten, die nicht aufhören können, an Nankings aufgeblähtes Wiesel zu denken – springt mit beiden Füßen auf den verlegenen (aber dennoch verzauberten) Antoine de Caunes. Um bei Mobutu Sese Seko und dem Prinzen des Morbiden zu landen, verlässt Louis la Brocante dann seine ausgetretenen Pfade und beginnt, sich selbst zu ernähren, wodurch Pascal – Blaise entwöhnt wird (Ok, ok, ok, es war nur zum Spaß...). In der Zwischenzeit hatten die Katze des Rabbiners und der hübsche Imam die Höhle von Lascaux entdeckt, während sie dem Rat eines gereizten Igels folgten (sie hatten sich selbst in sein Haus eingeladen). Was Odysseus und Alice anbelangt, so hatten sie sich beide in Julia verliebt, die jedoch die Milch mit ihren Ausscheidungen beschmutzte. ''Spiss di counasse, du verlierst nichts, wenn du wartest !'' sagten sie dann mit ganzem Herzen und sofort. Entlang des traurigen Canal Saint-Martin hatte Philippe Katerine unbeirrt weiterhin seltsame Inspirationsquellen: 1) Cousteau, 2) seine rote Mütze, 3) einen Zackenbarsch und 4) zwei

Scaphander ("Und sein lieber Bruder Pierre-Antoine, was ?!?!", könnte man fragen).

Claire Brétéchers grüne Sonne wandert an den Riemen von drei Jaffa Orangen hinauf, dann lacht sie plötzlich, als sie Michel Onfray im grünen, flachen Land von Candy vorbeiziehen sieht... Das ist immer eine gute Sache ! Denn Tatsache ist, dass Graf Berthold eines Tages im Jahr 1624 nervös einen Klon von Karl Marx gestreichelt hatte, der noch im Schlafanzug unter der Dusche lag. Sie wurden von einer libidinösen Lampe mit alberner Miene beleuchtet. Dann hörten wir in der Ferne: "Alles dooouux,

Yannick Noah denkt, dass nichts den Fürsten der Finsternis schlägt"... Sobald die Nachricht bekannt wurde, beschloss Daktari (der Kaiser, der keinen Groll hegte), mit Raymond Lull einen rasenden Flamenco zu beginnen... Und da haben Sie es, wir haben es Ihnen gesagt, aber es ist bestätigt: Die französische Rechte ist für immer die dümmste der Welt ! Also sicher: "Nénesse cité ist Gesetz", werden wir uns sagen... Aber die Flüchtlings-kolonne auf der (kurvenreichen) Straße Malaga/Almeria war viel-leicht ein einfacher Ausflug zum Club !!!?!!?? Trotzdem muss es Leaks gegeben haben – und das ideale Kaninchen ist sicherlich Transgender !

In diesem sentimentalen Varieté, in dem die Portiers zuschlagen, fand sich der Mann, der die (angeborene UND erworbene) Fähigkeit besaß, sich zu spalten, eines Tages in der Küche eingesperrt (am Ende des Korridors nach die Wüste). Seitdem sind wir seiner überdrüssig. Infolgedessen können wir nicht länger vor all diesen Liebenden zurückweichen, die sich neu erfinden... Zu ihrer Verteidigung muss gesagt werden, dass die Mode für Einhörner – die für alles und jedes verwendet wurde – oft ein schrecklicher Mangel an Geschmack war. Während man am Anfang, wenn man auf einer Party eine Fliege fliegen hört, einfach niederknien muss... Oder eine Person frontal zu treffen (zum Beispiel – naja ! – an der Kreuzung der Straßen Picpus und Rodrigo de Triana). Kurz gesagt, auf jeden Fall ist sicher, dass Mr. Coquelin-Cadets Kröte und der azurblaue Chief Warrant Officer per Anhalter ein Paar vernünftige Pobacken haben (obwohl sie aus dem vorletzten Regen geboren wurden). Und dass beim Anblick von Zabou Breitman, der eine Flasche unter seinem Bett versteckt (der wie Raymond

Barre spricht), das Taxi, das an seiner Nase entdeckt wurde, sie sofort entführen wollte. Beides gleichzeitig.

D'Artagnan hatte genug von der Clownerie eines Radiomoderators und schickte seine Prostata ins Jenseits – genau hierher, an den Ort, an dem ein straffer Dschinn mit einem nach Mimosen duftenden Whistleblower flirtete... "Ja, meine Hosenträger sind alle schillernd – und was ist dann das Problem ??", argumentierte er dann atemlos.

Die virtuellen Geiger, die das Glas ihrer Gäste füllten, wurden dabei von einem cleveren kleinen Kerl unterstützt, der nicht so clever war. Und/*et* Voltaire, sehr dünn, rettete einen sehr süßen Jean Ziegler vor dem Ertrinken und 19 leere Kokosnüsse ! Es geschah am Fluss, bittere Tränen und alles, was dazu gehört. Es folgte, dass ein Liebhaber der französischen Sprache, der nicht mehr wusste, wen er anbeten sollte, schließlich einen brand-neuen Sufi-Untergebenen um sich scharte. Bis ins Mark betrunken, beschloss er, sich unter den Rädern eines Doppeldeckerbusses anzuzünden. (Übrigens waren wir heute Abend dort und suchten nach zwei schlangenartigen Char-meuren, die sich selbst mit Hype notiert hätten...)

Viele Elvis Presley fans jagen Beförderungen. Als geschickte Verkäufer gelingt es ihnen, die Sieben Zwerge und ihre Messer ohne Eicheln zu verkaufen... Aber auch all all all all meine Post-it-Dekorationen – die absichtlich in Vergessenheit geraten waren. Eine Teenagerin veröffentlichte ihr Tagebuch im Internet und brachte ihrer *mother* einen Topf Butter – und die 666 schrecklichen Totenmasken eines Pharaonen Radfahrers. Oder im Ziel, wie geplant: Sid Vicious, der zu Denise Fabre wird, und Héloïse 'Gaston' Gallimard... Ja gut, aber andererseits: Wie kann man die bärtige Frau nach all dem mit

Frau Alliot-Marie verwechseln !? Und hätte eine Nonne, die Kinder brauchte, nicht alle möglichen Schritte unternommen, um die acht Musen eines der fünfzig Ameisenhaufen von Boko Haram adoptieren zu können ?... Dafür hätte sie einfach für sich beanspruchen können: a) die tadelloseste Psychiatrie, b) Ihre umgekehrten Pyramiden und c) die Sun Studios *à* Memphis... Zum guten Ende, Grüße – und nehmen wir es als selbstverständlich hin.

EPILOG

(*Rückblickend und nachträglich an den Boxer aus Rastaquouère und an die Filiale der Lloyd's Bank : die in Cravans, Charente-Maritime*)

Die Wölfin, der Menschenhut und der Zerbrochene ; all die Wörter, die mir an diese Kehle springen (wie Feilen auf dem Magneten) ; dunkles lichts ; die Monde und ihr zwei Honig, die Stabheuschrecke und die Dolche ; eine tragende Wand auf der Verwaltungs-Mille-Feuille ; ein Meer von Sarkasmen und die Kuh in Flammen ; mein siamesischer Onkel in Person ; eine kalbköpfige Schildkröte und die Grinsekatze (sein Lächeln bleibt dort, einsam) ; ein süßer Blitzkrieg und eine fröhliche Intoleranz ; Arthur H. und Ihr Didier Raoul(t) Volfoni ; diese Nebel auf der Mähne des faltigen Stuhls ; ein von Pferden gezogenes Ei, das es herumlaufen lässt (beide sind gekocht) ; die schönen Türen, die auf die erkennbaren Toten knallen ; das Lied der Glaser ; die Dämmerung, die auf die seufzenden Knochen fällt ; der rasende Ansturm (wo es keine Sonne mehr gibt) ; John Lydon schön, verfault und gekreuzigt ; drei Chabalas und sieben Gurren, die für immer von der Gurke entfernt waren ; das Paradies der Linkshänder mit kastanienbraunem Haar ; Ihre

Diamantlacke und der Stierkäm-
pfer ; ein paar pudrige Marienkä-
fer und meine Seele, die auf dem
Bürgersteig schwebte ; der Ma-
genrückfluss von Joseph Darnand
und Francis Bout-de-l'An ; der
divergente Stern im Spukhaus ; in
Faya-Largeau die Vergangenheit
und ihr blaues Auge ; das unmö-
gliche Pferd und das bysantini-
sche Wiesel ; von elektrischem
Käse an der Universität bis zu
Fehlern ; das untere Meer, das
mich mit Gott allein kommen
sah ; die Maske des ethischen
Syllogismus ; eine griechische
Tragödie, die in vier Fingerhüte
passen würde ; der Geist, der den
Wurm kratzt und mich in London

schlafen lässt und dann asiatisch aufwacht ; er tauchte einen abstrakten Zwieback in das Loch seines Tees ; die tiefe Höhle ; die Anmut des Ruders und die des Gouverneurs ; fünfeinhalb polnische Morgendämmerung (Caryl Chessman schnupperte in der Luft und führte die Parade an) ; die goldenen Krallen deiner Wimpern und die eigentümliche Gegenfinesse der Eitelkeit (???) ; verbale Wettkämpfe, die sich selbst vom Realen auslöschen ; eine Windschutzscheibe, die jetzt nicht mehr weit entfernt ist ; der vegetarische Satanist, der seinen Hund schält ; ein Postbote, der im Mitternachtsblauen Ford Mustang einschläft ; die hochmütige Fliege ; ein passiver Vampir, der von den "schelmischen Dingen" fasziniert ist ; der Weizen hob sein Haupt und Napoléon neigte seinen ; schöne Stau der Verbrechen ; sieben Couscoussière aus B(r)eton (André) ; der Mond, der an einen stilblüte Camembert denken lässt ; Charles Meryon und Amedy Coulibaly flohen überall hin ; der wohlmeinende Idiot ; sechshundert große Augen, die dem Nichts offen sind ; die Hoden des Boulevard Magenta (sie ruhen in Frieden) ; Thaïs d'Escufon, verheiratet mit Erika Zemmour ; der klebrig Philosoph und die mutwillige Schildkröte ;

eine Ordnung der Dinge ; ein
Rock voller Augenlider ; zwei
spanischer Regenwurms auf dem
Jahrmarkt ; die psychostarre Lei-
che ; ein Nashorn und zweiund-
vierzig große Feuerstellen (meine
Brüder in der Dicke) ; viele
nervöse Staubsauger (selbst Nef-
fen einer weißen Maus) ; die
Techno-Vagina und eine befrei-
ende Klitoris ; ein klein hastiger
Buchhalter, der drei Offshore-
Windkraftanlagen verschrottete
(eine davon gehörte Dr. Petiot) ;
die fauligen Muscheln, die Heilige Jungfrau, Dada und dein
Geistlicher ; eine Wolke, die mit
Hosen verheiratet ist ; tiefe Prali-
nen, serviert mit einem magischen

Toast ; diese Vits und alles Leben (die Veule-Vulve will sie) ; die Kindergärten und die Maschinen- gewehrlokomotive ; deine rauchi- gen Bemerkungen über die Wä- scheleine (A. Layne lässt sich nicht täuschen) ; die furchtbare Nacht rechts ; ein schelmischer Chinese mit seinen zweiundzwan- zig Kartoffelstampfern ; Simon der Magier, Gigi der Verrückte und Charlie der Schlächter im Schatten des blauen Pöbels ; das paraphernale Eigentum der Frau, die in einem Kind lebt ; die Doppelzüngigkeit einer Kaulqua- ppe ; der Asiate Bernard Lacom- be, aktualisiert von dem Franzo- sen Lacombe Lucien (es wurde geschrieben) ; schnell den Fuß eines Krans zum Fuß eines Krans machen ; ungeschickte Schatten unter bestimmten scharfen Pflanzen ; der Mensch, der Tod in der Seele ; verlorene Gegenstände ; die Pupillen, die sich in die Leere ergießen ; die Erleichterung der Menschen der Sterne und der blutigen Attrappen ; diese Vergangenheit, die brüllt wie ein weicher Ochse ; Liebe auf diesem Gerüst ; eine Flamme von Karfunkeln auf alten Steppdecken ; all die kämpfe in ihren Nachthemden (SOS, Gott bellt, wir müssen ihm die Tür öffnen !) ; ewiger Sabber und fleißiges Skispringen ; das Hin- und Herpendeln zwischen dem

Himmel und Oscars Rinnsteinen ; der wütende Regenschirm auf dem Operationstisch ; das Rot, das für den Seeigel so bedeutend ist (es wird an Garnelen verkauft) ; die bizarren Küsse der Erleichterung ; Tristan Hilar, der sich um seinen Mantel kümmert ; deine abscheuliche Besessenheit : eine Katze, die ihre Jungen häuten würde ; der Vater der schöne Schmetterlinge, derjenige, der es schafft, seine Tränen zu zerreißen ; das Tal der purpurnen Legionen (zurück) ; der rote Metzger, der uns ausspioniert ; das gute Gewissen der Grausamkeit ; ein Dandy der Schützengräben mit dem Wirbelwind des Ruhms ;

das Pferd meiner Falten ; dunkle
Schokolade waschen und Vogel-
milch trinken ; die Erinnerung an
die zerstörten Cottages (leider,
sicherlich, aber hurra !!!!) ; die
gebrechliche Broadway Majoret-
te und ihr ängstlicher Zyanid-
stock ; Christus auf einem Roller
und zwei falsche Cumulonimbus-
Wolken (sie zeichnen sich durch
die Kunst des Kung-Fu aus) ; der
Schatten ungeduldig ; drei Krei-
selmönche im Kellerfenster der
Kindheit ; der nüchterne, durch-
brochene Nachttisch ; der Fehler,
man selbst gewesen zu sein (d.h.
Brimborion und Rassel) ; sechst-
ausenddreiundzwanzig Katechu-
menen Valetudinaires ; mein gut

Bauch, der ein Wohnzimmer er-
hellt (dank Fußball, dem Billard-
tisch der Wiesen) ; Tapetenkör-
per ; die Dromomanie, die sich
vor jedem aufrichtete ; die Hör-
ner der Sterne ; ein Verschwörun-
gsmystiker, der am Haken des
Nichts lebt ; der joviale Misan-
throp und seine Moral ; ein klei-
nes Fahrrad im Kopf des Hundes
Pebble ; der irenische Äther des
oberen Vaters ; der schöne trau-
rige Krater ; die Tochter des
Bischofs und der schwimmenden
TIPP (sie ist ein hübsches kauf-
männisches Und-Zeichen mit sch-
illernden Tönen) ; die allzu selb-
stsichere kleine Skala ; unsere
zwei Nasen in der Dämmerung,

minus dein Söldnerherz ; die Rückkehr des großen Transparenten ; all das "Wirf nichts mehr weg und geh und sieh, ob du mir nicht glaubst !" ; Hühner auf einem libertären G-Punkt ; die Ritterlichkeit der Hunde ; die Wahrheit und ihre Lügen in den Farben der Seide ; eine süße und schmackhafte Fee ; die Waschfrauen, trunken von der Zeit ; zwölf WGs in Eile ; die Drehscheibe und die Waschhäuser verdunkelten sich für immer ; die Hirtin von Ivry und diejenige, die den Streich in der Gasse der Reculettes vollbracht hat ; der Widerschein der vier Pfützen, die mich in den Himmel fallen ließen ; das

Jenseits jeglicher Pop-Art ; zwei Schlucker des Lichts, die durch die Kiste in Gent (durch den Kanal) gehen ; die Nacht der Augen ohne Zielen ; die Sackgasse der Angst, diejenige, die sich auf die stumme Allee öffnet ; die Lilien im Vestibül (die mich in meiner Uhr baden lassen) ; die Welt in einem Kuss ; ein tödlicher Kürbis in Grenoble, mit dem letzten der Trastamares ; Leben, in und aus Rücksicht auf Ihren flüchtigen Steuerzahler ; all dies und nichts gleichzeitig (außer dem Räuber des Denkens) ; P. Praud, der nützliche Idiot mit dem so gut gestutzten Bart ; Korallenstuhl ; deine ruinierten Münder unter ärm-

lichen Jacken ; der Vorhang des Lebens ; die verdunkelte Sonne, die immer noch heiß auf den autokratischen Meeren steht ; der körnige Kosmos, der von drei gehorsamen Leichen bewacht wird ; dieser Titan-Operationstisch, hier ; das Wasser, das auf der E-Saite (der niedrigen) eingeschlossen ist ; der Place Blanche voller Menschen ; ein Mund, der wie ein Ofen geöffnet ist (Haselnüsse kommen heraus) ; eine Babylimonade unter dem Balkon am unteren Ende der Stirn (Zähne klappern in der "Hekto-Chrom"-Ebene) ; all die Wagen, die in Kolonnaden unter meinem Fenster vorfahren ; die große mörderische Hilfe ; die

Austern, die in ihrer Nische von Extrema vorbeiziehen ; die allerletzte Sammlung ; der schwankende Rhythmus gefrorener Sonnen ; die Pailletten der Sphinx ; der bescheidene Kuchen mit einem konkaven Lächeln (ein Kellerfenster ist sein Zufluchtsort) ; seinen Kopf woanders und einen Fuß in der Kutte ; menschliche Wäsche ; zwei Bunker im Taxi mit unbezahlten Rechnungen (man sieht Fliegen mit fliehendem Kinn) ; der Wolf mit den Glaszähnen ; Pflaumen, Orangen und Streichholzschachteln (Arnold L. ist sich dessen bewusst) ; Briefe, die vor Hunger gestorben sind ; ein wohlwollender Nazi (er hängt *hinter den Kulissen des Lebens ab) ; sieben afghanische Halblächelnde unter einem wunderschönen Killer-Trenchcoat (Ihre Schwester ist da, ganz in der Nähe der Veranda) ; die trügerische Erscheinung all deiner Spiegel ; drei Mathematiker, die von ihren Gasen geschüttelt wurden ; Carla Bruni und Gérard Labrunie, die sich beide völlig fremd sind ; das ultimative "nicht weise unter den Lenden" ; dieser subtile Duft von Orangenblüten und Bittermandeln (er schwebt in der Luft) ; Sören Kierkegaard lümmelte in seiner leichten Rollbucht (ein Lithiumpaste schmückt seine traurigen, verdrehten Knöchel) ;*

Erinnerungen an unsere Zukunft, Ptoses und Süß Volapük à la Père Ubu...

Und ein Zinnsoldat, der steil in der vagen Einöde versinkt, und all die subtilen windigen Träume, gekreuzigt bis zum Überdruss...

Nun, das alles ist nichts im Vergleich zu der Schönheit der zitternden drei Hände des Alkoholikers, und dem liebenswerten Elend, das seine Ziele erreichte. Durch welche Handlung ?... Feilschen Sie nicht !

Überall und nirgendwo, also hier – Juni 2024

Vom selben autor

« Paysages/Visages/Voyages : Un tour du monde en 100 photos »
(Ed. BoD – 2012&2021 / ISBN 9-782322-409068)

- « Un air de famille - 500 célébrités qui se ressemblent »
(Ed. BoD – 2012)

- « Le Père-Lachaise, un cimetière bien vivant »
(Ed. BoD – 2013&2021 / ISBN 9-782322-216734)

- « Ils ont dit… »
(Ed. BoD – 2013)

- « Aphorismes, paradoxes et autres billevesées »
(Ed. BoD – 2014 / ISBN 9-782322-185276)

- « Sentences sans queue ni tête (La beauté du non-sens) »
(Ed. BoD – 2014 / ISBN 9-782322-193134)

- « Qui est qui ? - Dictionnaire de pseudonymes »
(Ed. BoD – 2014 / ISBN 9-782322-205240)

- « Dictionnaire de la guerre civile espagnole et de ses prémices 1930-
1939 »   (Ed. BoD – 2015 / ISBN 9-782322-193219)

- « Absurdomanies… »
(Ed. Bookelis – 2015)

- « Les fins mots de la fin »
(Ed. BoD – 2016 / ISBN 9-782322-201709)

- « Aphorismes, paradoxes et autres calembredaines »
(Ed. BoD – 2017 / ISBN 9-782322-224333)

- « Last words, last words... out ! »
(Ed. Bookelis – 2017 & Ed. BoD 2017 / ISBN Ebook 9-782322-210183)

- « Mon Paris insolite »
(Ed. BoD – 2018 / ISBN 9-782322-115297)

- « Apprenez l'anglais entre faux-amis »
(Ed. BoD – 2019 / ISBN Ebook 9-782322-238712)

- « Une année de hasards exquis et de cadavres objectifs »
(Ed. BoD – 2019 / ISBN 9-782322-209972)

- « Aphorismes, paradoxes et autres carabistouilles »
(Ed. BoD – 2020 / ISBN 9-782322-255986)

- « Mon Paris insolite (et illustré) »
(Ed. BoD – 2020&2022 / ISBN 9-782322-423439)

- « Dictionnaire des rues de Paris »
(Ed. BoD – 2020 / ISBN 9-782322-260027)

- « Aphorismes, paradoxes et autres fariboles »
(Ed. BoD – 2021 / ISBN 9-782322-394845)

- « Dark Syd of the Floyd (Les deux vies de Roger K. Barrett) »
(Ed. BoD – 2021 / ISBN 9-782322-396061)

- « Communes de France aux noms insolites »
(Ed. BoD – 2021 / ISBN 9-782322-412884)

- « Photomontages I »
(Ed. BoD – 2022 / ISBN 9-782322-411405)

- « Une banale histoire d'amour du temps jadis »
(Ed. BoD – 2022 / ISBN 9-782322-393398)

« Aphorismes, paradoxes et autres fumisteries »
(Ed. BoD – 2022 / ISBN 9-782322-393312)

- « 500 celebrities who look alike (A family resemblance) »
(Ed. BoD – 2022 / ISBN 9-782322-411658)

- « Gargouilles et marmousets dans la sculpture médiévale »
(Ed. Bookelis – 2018 & BoD – 2022 / ISBN 9-782322-432394)

- « Je suis un être délicat »
(Ed. BoD – 2023 / ISBN 9-782322-454839)

- « Photomontages II »
(Ed. BoD – 2023 / ISBN 9-782322-130979)

« Aphorismes, paradoxes et autres niaiseries »
(Ed. BoD – 2023 / ISBN 9-782322-472666)

« Sweat oozed from cross held high in hand »
(Ed. BoD – 2023 / ISBN 9-782322-471492)

- « Villages de France »
(Ed. Bookelis – 2016 & BoD – 2023 / ISBN 9-782322-480302)

- «Petit lexique futile mais nécessaire à l'usage
des philosophes et des demeurés »
(Ed. BoD – 2024 / ISBN 9-782322-519187)

Juni 2024 - MiguelSydRuiz
www.miguelsydruiz.jimdo.com
www.bad.fr

149